池波正太郎

みずからの火

みずからの火＊目次

装幀 水戸部 功
本文デザイン 南 一夫

歌集　みずからの火

菜の花、桜、死

菜の花に織られて金に匂いたつ暮れのなかぞら広々として

さえずりをか細い茎にひびかせて黄の花すっくり春野に立てり

黄の花の穢《けが》しつづける宵闇に不在を誇るごとく家立つ

無遠慮な目線をあまた纏《まと》わせて丈たかい茎ゆらす花々

花冠という黄の断面を晒しつつ痛ましきかな露を纏《まと》って

菜の花の黄のひとかかえ闇に抱いて何の頼りになるのでしょうか

春夜にて蔵《しま》った舌のふくらかな熱よ静寂《しじま》に蜜の沁みゆく

常闇にうごくむらぎも艶めけば口は閉ざせよ桜泡立つ

誰の死を知らせて桜しらしらと温《ぬく》い夜風に膚《はだ》をうごかす

枝々に脆《もろ》いくれないい飾りつつ梅揺れている春あらしの夜

チョコレート

不安定な温《ぬく》い血のなかちょこれいと暗くつやめく小雨の夜に

水映すテレビの光あおあおとシーツの上でまたたいている

あくる朝光る岸辺にうち上がる　屍《しかばね》　だろう甘みを帯びて

枯れながら絡まる蔦の幽《かす》かなるささめき冬の夜を尽くして

空に月球

やわらかに気配はおりて常闇《とこやみ》の櫛の歯ぬらす水のぬくみよ

あかときの温《ぬく》とい水の律動に洗われている銀色の櫛

寝台にするすると死は混ざりゆく　チョコレート割る冷やかな音

まなぶたをそっと閉ざせば欲望の洞《うろ》にこまかな星の氾濫

夕空に散らかる芽ぐみ 温《あたた》かな涙なだれる先ぶれとして

点々と白いほころび枝に載るひとの思考の極小の渦

ひかる街のけしきに闇の総量が差し込んでいる　空に月球

暮らしと月球

血の香り夜気に融かして眠るひと世界の底のほころびとして

ひとという火の体系をくぐらせて言の葉は刺すみずからの火を

枝ふとく春夜をはしる絶叫をあやうく封じ込めて静寂

内へ内へ影を引っ張る家具たちに囲われながら私らの火

ほころびの声さらさらと入り混じる夜にきらめく水流のごと

火の体系、黒い水面

霧ふかいはるかな海のさざ波に父の異音はどこに混じって

薄い影街に落としてこの夕べ鳥が水紋のように散らばる

こまやかな体系をなすみどりごの眼は現し世の風にくるまれ

もの事の過ぎ去るちから　レシートが繁茂しっぱなし夜のキッチン

唐突に人は生身を営んで夏のホームの陽に晒される

くらぐらと水落ちてゆく　側溝に赦されてあるような黒い水

夕ぐれに黒く粗末な火事あって身をもつ人らうごめいている

火の体系枝分かれしてあかあかと堆積物の上にひろがる

きららかに波濤は崩れ無数の蛇、　拒絶しながら手を差し伸べる

薄らかな被膜さわだちやまぬ夜　雲閉じ込めた脚が苦しい

自らを赦す行為がすすむたび霧深くなる　血球は散る

ほぐれない雲を保ってほほえみの兆しを見せるからほほえんだ

濃霧について

しっとりと感情帯びて内がわへ腐りはじめる黄薔薇も家具も

濃霧ひとりオリジン弁当に入りきてなすの辛みそ炒め弁当と言う

結婚も赤血球の散らばりも握手のときの熱い滲《にじ》みも

水と光の清いばかりの混交に差し込まれゆく肉厚の舌

肯定を重ねる度に霧めいて奴はしずかな世界になった

眼の奥でまたたいている体系に血球あふれ街の黒ずみ

たましいの淀みの縁に引っ付いてかつて茂った藻の緑いろ

冬の光

冬の雨ヘッドライトに照らされて細かな筋をやわやわとなす

見られいるひと粒急に輝いて跡形もなく消えてしまいぬ

きらきらと魚卵こぼれる　君といて眠ったように話すいつでも

黄の車体光らせ夜のタクシーが連なっている伊勢佐木の夜

いずこかに損ねた部位を持ちながら人ら集まる呼気を温《ぬく》めて

生きのびて来た知恵と云い各々のたこ焼きの中とろとろの熱

地下の水折られる音のとどろきの上には星の散らかった空

表層で交わる度のきらめきに暗渠《あんきょ》の水が暗く応じる

髪の毛の奥にちいさく動いてる横顔いくつ冬ざれの街

見送って帰る道すじこのような穏《おだ》しき時のあるということ

薄氷と霧

多摩川にこまやかな雪降りしきる景色は誰の永遠《とわ》の予感か

薄氷《うすらい》に鈍く映ったひとかげへ身を入れてゆく喘《あえ》ぎ喘いで

黒ずんだ霧ひとまとめ薄氷に封じ込めつつ日々は安らか

肉体の闇に兆した氷片は朝の陽ざしにぎとついている

歳月をしとどに吸った綿なんて嗤《わら》ってしまう水を恋いつつ

あけぼのに割れる氷片できたての光の粒に籠《こも》るべし気高さ

満月は蓋《ふた》されながら赤々と腐敗している円《まど》かだろ？　自裁死

水脈

地下道のコンクリートに罅《ひび》深く或る情念のごとくに栄ゆ

町川の昏《くら》い流れに梅の枝は薄くれないの侮蔑を飾る

池に降る三月の雨、穏やかな水紋としてかつていた人

くさむらの奥へさみしく光差《かげ》して記憶の白い綿のほつれよ

琥珀色の水滴の膜ふるわせて夜の市バスの窓のきらめき

白く細い光からまるようにして流れを成せるたましいの水脈《みお》

アブセンス

艶やかな文字の点《とも》れる伊勢佐木に煙のような月は昇れり

もう君は不在だったかこの朝の駐輪場は銀色の海

今日も見る紅《べに》淡き梅崩《く》えながら曇天の苦の風に馴《な》染《じ》めり

ゆらゆらと血に浸りいる種あって春雨の打つ音ひびかせる

ボール

初夏の銀のひかりに輪郭を蝕まれつつさわぐ葉桜

血だまりの日暮れのぬくみ部屋内《へやぬち》に両足の裏みせて寝るひと

血だまりに浅い息してゆうぐれの被膜をゆらす熱のぎんいろ

銀の陽に捕らわれながら青年のかげがボールを追いかけている

うつし世の雨

秋雨はわれの裡《うち》にも降っていて居るか居ないかうつし世の雨

暗闇の結び目として球体の林檎数個がほどけずにある

スシローの賑やかだった更地には茎にからまるような秋の陽

不完全な死を繰り返す月のかげ人の跡かたいくつ行き交う

夕ぐれに大風吹いてこなごなに散りゆく小鳥あかるい小鳥

忘却の匂いきよらか薄《うつす》らと霧をまとった熱のみなもと

大方はみすぼらしげな身体を綺羅《きら》に包んでグラスを持てり

やわらかな指

駅舎から人溢れくるゆうぐれに白薔薇の香は組織だちゆく

うつしみのやわらかな指からめつつ女《め》男《お》はもの憂い夜のほどけめ

雪片に成り損なった雨はふる駅の灯りに白く光って

もう脱いで何になったかうすぎぬの下着は椅子に重ね置かれて

冬の陽をかえす水面のきらきらかな肌に不在の人々の熱

系

開ききる桜の花弁しらしらと光の中のあまた原型

傷痕《しょうこん》を起点に開ききる系の泡だちやまず河岸に沿って

かがやかに春を壊してさくらばなこの世の蒼へ枝をひろげる

熱帯びて身にこみあげる欲動のような泡立ち白く照りつつ

水の環の跡形にじむコースター誰か確かに在ったかのよう

かつて在ったもう無い者の跡形に占められながら影の濃密

薄青い小花あつまり咲くところ稚《おさな》くあかるい思惟のごとしも

市営アパート

白壁の奥処《おくが》にやわいむらぎもを秘してるようだ夜のアパート

建物の入口部分は壊されたようにあかるい光あふれる

接触する骨のたしかさ空の枝《え》をゆらし離れてゆく黒い鳥

低く暗い街に突き出て白々と発光している市営アパート

雲と雲ゆっくりそむき離れゆく価値ある場所を示すがごとく

チョコパフェのかたちくずせば甘やかな層は浸透しあって淫ら

きららかな尾を長くひき落ちてゆく構造物の強い引力

身熱《しんねつ》を宿した湖に沈んでる骨のカーブの鎖《さ》しゆくちから

夕ぐれの緋《あか》い粒子に浸されたバスの車内の影は盛りたつ

薄明の太い銀河に身を浸す世界にひっかき傷つけあって

基底部の血の横溢《おういつ》が逆巻いてあえかに暗い薔薇《そうび》のかたち

ビル街を吹く春風はきららかな厚みをもって並木を揺らす

白つめ草

しめやかな雨に煙って白つめの花の炎がしらしらと噴く

六月の雨に降られて白つめの火群《ほむら》は煙る思惟あるごとく

炎症のように広がる群落のところどころは枯れながら咲く

晩夏の関与

晩夏《おそなつ》の陽に灼《や》けて反る花びらのこの上もなく重い関与を

愛恋の臓腑《ぞうふ》に闇はやってきて何交わされる外は夏霧

テーブルに暗い銀紙散らばってふたつの肉は鎖《さ》される頃だ

欲動に洗われながら匿名のにくたいになる一夜をかけて

五指の間に五指をうずめる　薄らかな光ちらばる夜の市街地

乖離する雲と尖塔　黄の花の盛んに咲いて陸《くが》は寂しき

平らかな影の深部に美しい針のようなるものの閃《ひらめ》き

雨の環《わ》のあまたの光しらしらとはるかな海を発光させる

黄泉比良坂

パキパキとケースを開けて常闇のいろのおはぎを摑《つか》みとりゆく

一つずつおはぎは消えてまひるまの蟬声《せんせい》万の針のごとしも

やわらかな雲がいくつも千切れとぶ尿の香の濃き黄泉比良坂

雷《らい》こもる雲が喉《のみど》を通るたび取り残される人のにくたい

黒々とおはぎ照る町ばあちゃんの三河タクシー駅へと向かう

坂の上の眩しく白い病院はきれいな薬の匂いにみちて

暗緑の三河タクシーほの温《ぬく》い夕べの町をカラカラとゆく

良くなっている人悪くなっている人ダメになったままの星

ふくらんだ星はかたちを少しずつ崩して光を止めそうになる

赤土に激しくまろぶひぐらしを粘度を増した光が縛る

ひろらかな洞のうちがわ響かせる人の名前を呼び継ぐ声を

雷《らい》帯びた雲くりかえし潜らせてほつりほつりと綻《ほころ》ぶ身体

夏雲の下層は黒く染まりつつおとこおみなの結ぶいかずち

美しい橋

長細い白骨《しらほね》のごと伸びている橋この上もなく無防備な

寝台に盛りたつ白いかたまりがわずかに零《こぼ》す水の銀いろ

こまやかに星割れる音たてながらあしたシャワーに打たれてる人

張りつめて白むなかぞら　星割れるような微笑み零したひとり

ぱちぱちと山吹色の火のような音たてながら夜雨降りつぐ

受け容れて賑やかになる一室に白い月かげ編むようにして

冥界の側に開いてしまう百合飾られている真昼の小部屋

内側にしおれて四肢はあかつきの光をかえす湖水のようだ

永久に兆しつづける暖水にふかく浸って人は声の巣

おそ夏の枝葉の密な係わりの一群れ蟬の声を抱えて

黒々と水を湛える両の眼のつやめき人を恋うこころざし

したたかな夜雨になれば首都高に白炎の層たちまちに張る

暗がりの白いかたまり魂の優しくにがい部分を帯びて

現し身の綻ぶ刹那やわらかな器官しずかに関与しあって

ふんわりと雪片の降る寝室に堆積しつつかたち成すもの

カーテンはガーゼのように窓ふさぐ　上げられながら月色の脚

月球に強いひずみが起こるたび薄紫の花野ひろがる

したしたと雨に打たれて黒く耀《て》る夜の街路に入ったようだ

いかずちを包んで雲は空に張るくろがね色の郊外の街

美しい橋はかの夏永遠に壊されている飛沫あげつつ

髪の毛に触れれば自死の冷やかさ一夜をかけて燃えている川

小さな家

うす紅の空の底部を擦りつつ車のひかり街をつらぬく

つややかな黒い夜空に囲われて息づく家に人影がある

夜の家の人の入り組みゆったりと蜜の金色みたしてゆきぬ

いちにんの滅びの後の関係の火照《ほて》り鎮めるごとし秋雨

あかい室

赤いあかい永遠のひぐれであるように性交をする傷んだ室《むろ》に

温かな心臓いろの夕ぐれに硝子震わすばかりお喋り

もういない僕ら密かに会話する黒い自動車するどく過る

さわさわとささやく声の残響が銀にかがやく建物になる

薄らかな光かたちを成しそうなもういない夜をふたり過ごして

息衝《っ》きはさやさやさやと重なって深夜の黒い川のつやめき

くら闇を蜜の光が押し開く予感に倦《う》んでいたのだろうか

あとがき

ここ数年、現代詩をよく読んだ。いくつかの試みもした。上手くいったもの、そうでないもの。そもそも上手くいくという事はどういうことか。縁あって関わっているこの詩型について多くの示唆を得た。

「みずからの火」は私の三冊目の歌集になる。二〇一四年に出した『半地下』以降、現在までの作品から選んだ。まずは編みたい一冊のかたちがあり、それをめざして歌を並べていった。編集は前回同様、角川『短歌』の石川一郎さん、住谷はるさんにお願いした。私の模糊としたイメージを実現していただき深く感謝します。また、装丁は水戸部功さんにお任せした。仕上がりを楽しみにしています。

岡井隆先生、未来短歌会の皆さんから多くの刺激を受けた。短歌における私を成り立たせてくれている方々である。また、私と関わりのある多くの方がいなければこの集はなかった。

嵯峨直樹

略歴
嵯峨直樹（さが　なおき）

1971 年生まれ。岩手県出身。「未来短歌会」会員、岡井隆氏に師事。
2004 年　短歌研究新人賞受賞。
2008 年　第一歌集『神の翼』上梓。
2014 年　第二歌集『半地下』上梓。

歌集　みずからの火《ひ》

平成30年5月25日　初版発行

著　者　嵯峨直樹

発行者　宍戸健司

発　行　一般財団法人 角川文化振興財団
東京都千代田区富士見1-12-15　〒102-0071
電話 03-5215-7821
http://www.kadokawa-zaidan.or.jp/

発　売　株式会社KADOKAWA
東京都千代田区富士見2-13-3　〒102-8177
電話 0570-002-301(カスタマーサポート・ナビダイヤル)
受付時間11：00～17：00（土日 祝日 年末年始を除く）
https://www.kadokawa.co.jp/

印刷製本　中央精版印刷株式会社

Printed in Japan ISBN 978-4-04-884187-0 C0092